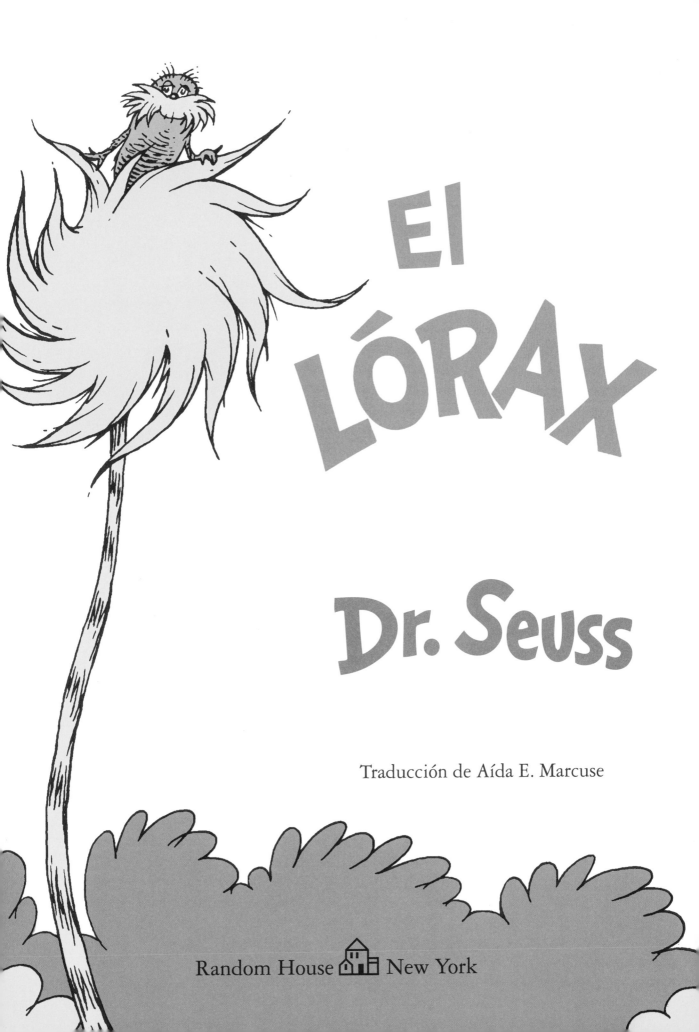

El LÓRAX

Dr. Seuss

Traducción de Aída E. Marcuse

Random House ⌂ New York

Para Audrey, Lark y Lea,
con amor

Translation TM & copyright © by Dr. Seuss Enterprises, L.P. 1993

All rights reserved. Published in the United States by Random House Children's Books, a division of Penguin Random House LLC, New York. Originally published in English under the title *The Lorax* by Random House Children's Books, a division of Penguin Random House LLC, New York, in 1971. ® & © 1971, and copyright renewed 1999 by Dr. Seuss Enterprises, L.P. This Spanish-language edition was originally published in the United States by Lectorum Publications, New York, in 1993.

Random House and the colophon are registered trademarks of Penguin Random House LLC.

Visit us on the Web!
Seussville.com
rhcbooks.com

Educators and librarians, for a variety of teaching tools, visit us at
RHTeachersLibrarians.com

Library of Congress Cataloging-in-Publication Data is available upon request.
ISBN 978-0-525-70731-8 (trade) — ISBN 978-0-525-70732-5 (lib. bdg.)

Printed in the United States of America
10 9 8 7 6 5 4 3 2 1

PRINTED ON RECYCLED PAPER

First Random House Children's Books Edition

En las afueras del pueblo,
donde el Trecésped crece
y el viento huele amargo cuando sopla y se mece,
y no cantan los pájaros, salvo un cuervo malvado,
allí está la calle del Lórax Izado.

Entre el Trecésped dicen que había
—y si bien miras, allí está todavía—
el sitio en que el Lórax estuvo
tanto tiempo como pudo,
hasta que se lo llevaron un día.

Pero... ¿*Quién* era el Lórax?

¿Por qué estaba allí?

¿Por qué se lo llevaron de ese confín,

de las afueras del pueblo, donde el Trecésped crece?

El viejo Fueuna-Vez aún vive aquí.

Pregúntale. *Él* sabe. Quizá te lo diga a ti.

No verás a Fueuna-Vez,
no llames a su puerta.
Está en el Lerén, encima de su almacén,
acecha bajo el techo en su Lerén frío
cosiendo su propio atavío
con hebras de tris-traje-mullido.
Y en las húmedas noches de agosto
atisba solapado
por la persiana entreabierta,
y a veces, si tiene ganas,
cuenta cómo el Lórax fue llevado.

Quizá te lo diga a ti…
si le pagas al contado.

Por un grueso cordón
bajará un balde de latón;
échale quince centavos
y un clavo
y el caparazón
de un caracol bravo.

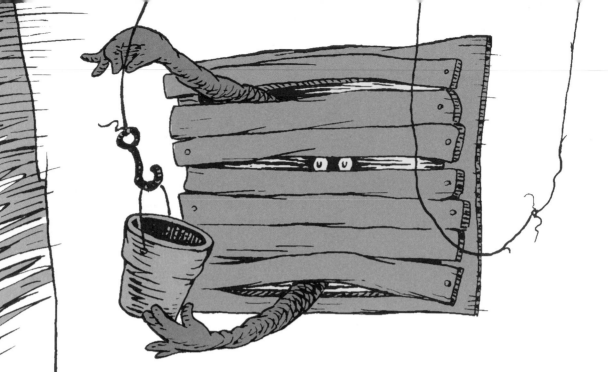

Subirá el balde después
para ver si le has pagado
y hará una y otra vez
la suma con gran cuidado.

Esconderá lo cobrado
discreto, en lugar secreto:
en un agujero extraño
de su guante grugruaño.

Y después gruñirá:
—Te hablaré por mi Fono-Murmullido.
Los secretos que yo sé son solo para tu oído.

¡PLAF!

Baja el Fono-Murmullido a tu oído,
y las palabras de Fueuna-Vez
suenan todas al revés
porque tienen que pasar
por una manguera vieja
que las hace resonar
como un murmullo de abejas.

—Ahora sabrás —dice con un rechinar de dientes morados—
por qué el Lórax, un día, de aquí fue llevado…

    Esto fue hace mucho tiempo…
    hace mucho, mucho tiempo…

Hace mucho, cuando el césped era aún verde
y tenía agua el estanque —que recuerde—
y eran limpias las nubes
y la canción de los Cisnes Cis-neros llevaba el aire, gustoso,
llegué una mañana a este lugar glorioso.
¡Y los árboles fue lo que vi primero!
¡Los árboles Trúfula!
¡Los pompones de Trúfulas en el sendero
meciéndose al viento mañanero!

CARRETÓN DE
FUEUNA-VEZ

Y bajo los árboles vi los Bar-ba-luz Marrón
retozando en sus trajes Bar-ba Pillón
dándose con los frutos de Trúfula un fiestón.

En el estanque susurrante
se oían ruidos y sonidos,
chapoteos y chasquidos
de los Peces Zum-zumbantes.

CARRETÓN DE
FUEUNA-VEZ

¡Pero esos *árboles!* ¡*Esos árboles!*
¡*Los Trúfula!* ¡*Esos árboles!*
Había buscado toda mi vida
unos árboles así,
de copas suaves, como tejidas
en fina seda carmesí.
Tenían el dulce olor
del licor de picaflor…

¡Me dio un gran brinco,
feliz, el corazón!
Y con gran ahínco
descargué mi carretón.

CARRE[ÓM
FUEUNA[V

FUEUNA-VEZ

Un pequeño taller construí en un instante.
Talé un árbol Trúfula por primera vez
y con su pompón tejí un bello Tapante
con hábil habilidad y rápida rapidez.

Apenas acabé, escuché un *¡ah-chón!*
Miré y vi salir de sopetón
algo del tocón
del árbol que talé. Era una especie de hombre.
¿Describirlo? Es difícil. Puede que te asombre.

Era chicón. Y viejón.
Y marrón. Y musgón.
Y su voz… un vozarrón
chillón y muy mandón.

—¡Señor! —dijo con un estornudo estornudado—.
Soy el Lórax. Hablo en nombre de los árboles
porque ellos no tienen lengua. Soy su delegado
y le pregunto asombrado
(gritaba y fulminaba, muy malhumorado):
¿Qué es esa COSA que con mi Trúfula ha creado?

—Mire, Lórax —le dije—, no quise ser inoportuno;
tan solo talé un árbol. No he hecho daño alguno.
Estoy siendo útil, es más. Esta cosa es un Tapante.
Un Tapante es Algo-que-Hay-que-Tener-en-el-Estante.
Es una camisa. Una media. Un sombrero. Y un guante.
Pero aun tiene *otros* usos. Sí, muchos más, muchos más…
¡Puede servir de alfombra! ¡De almohada, sábana o disfraz!
¡Y de forro de bicicleta o de cortinas quizás!

    El Lórax dijo:
    —¡Señor, la codicia lo enloquece, me parece!
    ¡En el mundo no hay un habitante
    que compre su inútil Tapante!

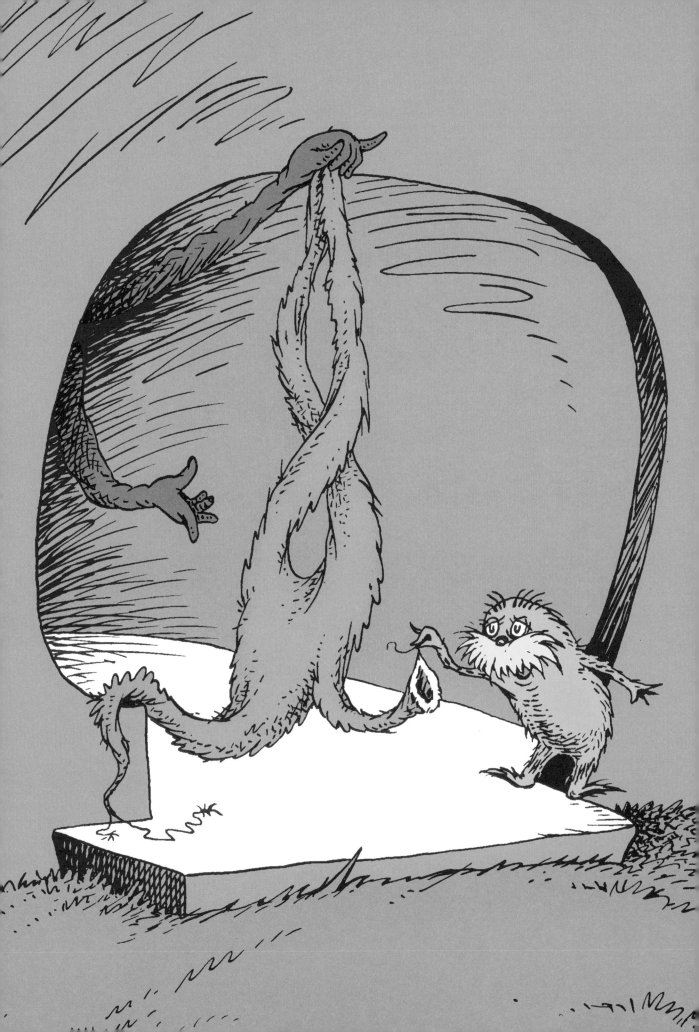

Pero entonces, al minuto, pude probarle su error
cuando un joven elegante mucho admiró mi labor.
—Este Tapante, señor, es justo lo que quería.
Y a tres con cuarenta y dos lo compró ese mismo día.

Me reí del Lórax.
—Ya ve, pobre tonto:
¡no se puede saber lo que alguien comprará de pronto!

—¡Le repito —gritó el Lórax—
hablo en nombre de los árboles, señor!

—Estoy ocupado —le contesté—.
Cállese ya, por favor.

Corrí al cuarto y en pocos segundos
construí un teléfono-radio. Hice una llamada urgente
a mis hermanos, mis tíos y tías, a toda mi gente,
y les dije:
—¡Oigan! ¡Esta es la oportunidad
para que los Fueuna-Vez se hagan ricos de verdad!
¡Vengan rápido! Tomen la ruta que va al Norte Nortundo,
a la izquierda en Viarquén, y derecho al Sur Sortundo.

TAPANTES

FÁBRICA
FUEUNA-VEZ

Y en muy poco tiempo
en la fábrica que construí,
los Fueuna-Vez, sin contratiempo,
tejían con frenesí.
Todos tejían Tapantes
como hormigas en sus hormigueros
al son de los hachazos certeros
que talaban los Trúfulas del sendero.

¡Oh! ¡Vaya! ¡Oh!
¡Cómo creció mi negocio!
Ya no tuvimos un momento de ocio.
Así que —pensé yo—
talar solo un árbol en cada intento
era demasiado lento.

Por eso inventé mi Super-Hacha-Que-Hacha,
que a cada hachazo cuatro Trúfalas despacha.
¡Y así hacíamos Tapantes
cuatro veces más rápido que antes!
¿Y el Lórax?...
Por unos días no lo vi en las cercanías.

Pero, a la semana siguiente,
él llamó a la puerta de mi oficina nuevamente.

Y me reprendió:
—Yo soy el Lórax, quien por los árboles habla,
esos que talas tan rápido y a la diabla.
Pero también estoy a cargo de los Bar-ba-luz Marrón
que jugaban a la sombra en sus trajes Bar-ba-Pillón
dándose con los frutos de Trúfula un fiestón.

—AHORA… gracias a que talas mis árboles casi de raíz,
ya no quedan frutos de Trúfula, infeliz.
¡Y mis pobres Bar-ba-luz en sus panzas-panzones
en vez de frutas tienen gases y retortijones!

—Les gustaba vivir aquí. Pero ya no se pueden quedar.
Tienen que buscar comida. Tal vez la puedan hallar.
¡Buena suerte, amigos! —les gritó.
Y con estas palabras los despidió.

Yo, Fueuna-Vez, me afligí de gran modo
viéndolos así marcharse a todos…
PERO…
¡el negocio es el negocio!
Y, sabes, el negocio ha de crecer, por mil razones,
pese a los retortijones en los panzas-panzones.

No quise hacer daño. No quise, de veras.
Pero tenía que crecer. Y crecí por doquiera.
Creció mi fábrica. Crecieron mis carreteras.
Crecieron los carretones y las cargas enteras
de los Tapantes, de gran manera.
Salían los transportes
¡hacia el Sur, hacia el Este, hacia el Oeste, hacia el Norte!
Seguí creciendo... vendiendo más Tapantes.
Y creció mi dinero, que para mí era lo importante.

UN TAPANTE
CADA ESTANTE

¡Justo entonces, regresó! Yo arreglaba unas tuberías
cuando el fastidioso Lórax volvió con sus majaderías.

—¡Yo soy el Lórax! —tosió y gruñó.
Estornudó y resopló. Resolló y refunfuñó—.
¡Fueuna-Vez! —gritó con un graznido graznado—.
¡Fueuna-Vez! ¡Estás haciendo un humo muy ahumado!
Mis pobres Cisnes-Cis-neros… ¡ya no pueden cantar ni una nota!
Con la garganta ahumada, ningún canto de ella brota.

—Por eso —dijo el Lórax—,
perdona mi tos,
no pueden vivir en este lugar atroz.
Así que los mando a otro sitio. «¡Adiós!»

¿Adónde irán?
Solo ellos sabrán.

Tendrán que volar un mes… o quizá un año…
huyendo del humo que les hace daño.

—¡Pero eso no es todo! —gritó el Lórax, furioso—.
El Glopití-Glop glopitoso
de tus máquinas es odioso.
Hay un chirrido espantoso día y noche, noche y día,
¿y qué haces con los desechos pegajosos?
¡Mira, oh sucio Fueuna-Vez, dónde los vacías?

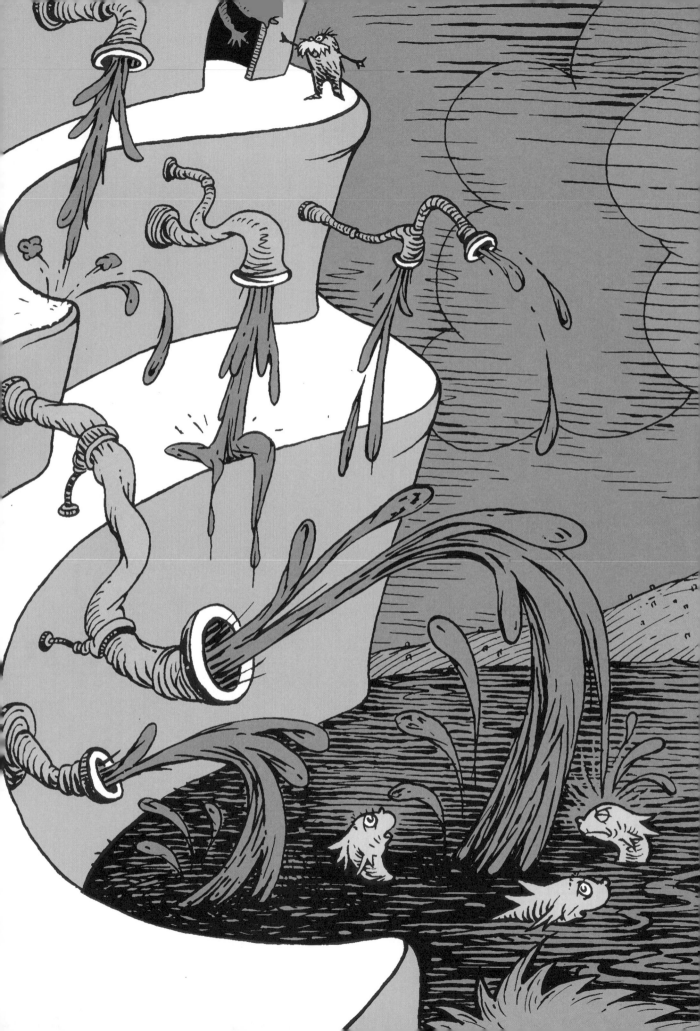

—¡Has enfangado el estanque de los Peces Zum-zumbantes!
Tienen las agallas pegadas y ya no pueden zum-zumbar.
Por eso se han de marchar. ¡Oh, su futuro es desesperante!
Caminarán con sus aletas, tristes, cansados, errantes,
en busca de otras aguas menos repugnantes.

Entonces me enojé de verdad.

Me enojé muchísimo en realidad.

Y le grité al Lórax:

—¡Viejo, ahora me oirás a mí!

Solo sabes gruñir y decir: ¡Mal! ¡Mal! ¡Mal! ¡Mal!

Pues bien, yo también tengo derechos y por eso te digo a ti

que pienso seguir haciendo justo lo que hago aquí.

Y te advierto, Lórax, que pienso agrandarme,

AGRANDARME

AGRANDARME

y AGRANDARME,

convirtiendo MÁS árboles Trúfula en Tapantes.

¡Algo-que-Todos-Tienen-que-Tener-en-sus-Estantes!

¡Y en ese mismo instante oímos el trágico machetazo!
Desde el campo llegó el alucinante zarpazo
del hacha en el árbol. Y el árbol que caía.
¡Era el último, el último de los Trúfula que había!

Sin más árboles, no más Tapantes.
Se acabó el trabajo.
En un santiamén, mis tíos y tías
se despidieron de mí en la noche fría.

Y se marcharon en mis coches
bajo las estrellas más tiznadas que la noche.
Tan solo quedaban, bajo el cielo que tan mal olía,
mi enorme fábrica, ahora vacía,
el Lórax…
y yo.

El Lórax no dijo nada. Me echó una mirada,
una triste mirada, por tanto dolor velada…
mientras, por los pantalones, a sí mismo se izaba.
Jamás olvidaré su cara de desconsuelo,
los ojos tan tristes con que levantó el vuelo.
De esta manera de aquí se marchaba
por un agujero en el humo que ocultaba el cielo.
Ni rastro ni huella de él nos quedaba.

TAPANTES

TAPANTES

Lo único que el Lórax en este triste lugar dejó
fue un montoncito de piedras, con la frase que grabó:
«A MENOS QUE...»
¿Qué significaba? No entendí la esperanza que encerraba.

TAPANTES

A MENOS QUE

Esto pasó hace tanto...
Desde entonces cada día
siento gran melancolía
y lloro este amargo llanto.
Mis edificios abandonados
se han ido desmoronando
entretanto se afligía
mi corazón desolado.

—Pero *ahora* —dice Fueuna-Vez—,
ahora que *tú* estás aquí,
las palabras del Lórax son claras para mí.
A MENOS que alguien como tú
le dedique la vida a este cometido
la esperanza se habrá perdido.

A MENOS QUE

—Así que…
¡toma! —dice Fueuna-Vez,
y deja caer algo a sus pies—.
Es la última semilla
de aquellos Trúfula de maravilla.
Hazte cargo de ella. Hazla renacer.
Pues Árboles-Trúfula es lo que hay que tener.
Planta un nuevo Trúfula y cuídalo mucho.
Dale agua limpia. Dale aire puro.
Haz crecer un bosque. Protégelo de talas,
de serruchos y de hachas,
para que el Lórax y sus amigos, así,
algún día puedan regresar aquí.